피어야 꽃이다

이 도서의 국립중앙도서관 출판예정도서목록(CIP)은 서지정보유통지원시스템
홈페이지(http://seoji.nl.go.kr)와 국가자료종합목록 구축시스템(http://kolis-net.
nl.go.kr)에서 이용하실 수 있습니다.(CIP제어번호 : CIP2019048367)

피어야 꽃이다

최경란 시집

토담미디어

책머리에

산다는 건 시간 속 길을 가는 것이기에
그 길에서 詩를 만나 동행同行하는 기쁨을 얻었으니
내 생애 큰 행운이 아닐 수 없습니다.

하찮은 여정旅程도 나만의 소중한 흔적이기에
그간 詩와의 교감을 통해 얻어진 시편들을 모아
책으로 엮어 보았습니다.

詩는 친근한 것 같으면서 부르면 쉽게 다가오지 않아
내게 글쓰기는 늘 어렵고 낯설기만 합니다.

그럼에도 詩가 있어 삭막한 세상을 살아가는 우리에게
삶의 향기와 아름다움을 찾고 희망을 부르게 합니다.

글로써 내 안의 참 나를 비쳐 볼 수 있는
작은 소망의 거울 하나 걸어 보았습니다.

많이 모자라는 글임에도 시집을 낼 수 있게
큰 힘을 실어 주신 저의 은사恩師님과
이 책을 펼쳐보시는 모든 분들께
깊은 감사와 사랑을 전합니다.

— 2019년 11월 늦가을
과천 청계산 자락에서
최경란

차례

1부

2부

3부

1부

피어야 꽃이다

어둠 속에 갇혀
속울음 감추며
빛을 향한 열망이
생生의 절정에서
환성을 터뜨린다

빛과의 황홀한 입맞춤
삶의 고통은 감내해야 할
너만의 몫이다

꽃이라고 아픔이 없으랴
꽃이라고 슬픔이 없으랴
거부할 수 없는 순명順命

피어야 꽃이다
피어야 아름답다

— 2014

하조대 소나무

동해 바닷가,
우뚝 솟은 바위 끝자락
기상 드높이 뻗어 오른
소나무 한 그루

검푸른 파도
하늘 닿은 수평선 넘어
멀고 먼 곳에서 달려와
하조대 바위 아래서 부서진다

파랗게 멍든 몸
흰 거품 풀어내
희열과 서러움으로
숨 가쁜 여정을 말하나

기암괴석에 새겨진
부딪쳐 멍든 슬픈 상처
전설로 이어질 낯선 이야기까지…

솔잎에 찍어내어
바람에 흔들리며 고개 끄떡이며
살아 여기 온 이야기
아름답고 청청한 목소리로
하조대 소나무는 읽고 있다

비어 있는 초막

아침을 여는 산새소리
앞 강에 물안개 걷히면
눈부신 햇살 쏟아지는 숲속
내 영혼 황홀하게 품어줄
시 나무 초막 한 채 짓고 싶어
부르는 내 노래 산새들 따라 부르면
꿈인들 마다하랴!

달빛 쉬는 밤엔
찾아올 그대 위해
높다란 가지에
등불 환히 밝혀두고
달빛 같은 시詩 한 수 지어
노을 지는 하늘가
조각배 띄워 불러보리

그대 오시는 길
열린 창가 풍경소리에
별빛 쏟아져 쌓입니다.

화청지華淸地*에서

천년 먼~ 저쪽
침묵은 깨어
물소리 위에 별 뜨는 밤이면
꿈꾸던 달마중 차마 못 잊어
가인佳人은 애절하게 님을 부르네

삼천궁녀 별 떨어지듯 빛을 가리고
하늘같은 큰 사랑 한 몸에 넘쳐흘러
나라를 흔들어 요동치게 하였나
스스로 짧은 生을 마치니
황제는 홀로 눈물지었네

부귀영화는 뜬구름 되어
노닐던 별궁천지 발자취 없이
꽃들은 지고 다시 피었건만
산 그림자 내려앉은 연못 위로
혼 등불 춤추며 요요히 타오르네

*화청지 : 당나라 현종과 양귀비가 사랑을 나누던 별궁

몰래 지는 꽃잎

기다리던 네 온다기에
서둘러 나선 마중 길

그사이 바람은 꽃잎을 흔들어
춤추듯 날리네
하르르 하르르
소리 없이 가벼이
슬프도록 아름답게

눈가에 내려앉은 꽃 이파리
꽃비로 흘러내리고
하! 그리 짧은 만남

가장 황홀한 순간에
스스로 길을 내어
떠날 줄 아는 너

부활을 꿈꾸는가?

대지大地는 용트림으로
생명을 창조하는
찬란하고 잔인한 계절에

밥값

내 어릴 적
상머리에 앉으면
아버지는 늘 말씀하셨지
사람이 밥값은 해야 한다고

성년이 되어
외동 신랑 만나 시집 가니
공밥은 안 된다고
시어머니 재촉하시던…

바쁜 세상살이에
까맣게 잊고 산 그 말씀
분별없이 살아온 어리석음에
손에 든 밥숟가락 멈칫 하네

눈 감고 되짚어 그 옛날
밥상머리에 앉아보니
고개 절로 숙여지고

불현듯 떠오르는
아버지의 주름진 얼굴에
숨겨진 골 깊은 사랑
귓가에 쟁쟁 맴도네

KOREA의 승리

임진년 팔월, 하늘을 놀라게 한
지구촌 축제는 뜨겁고 화려했네
잠 못 드는 열대야를 물리친
장쾌한 승리여! 영광이여!

먼 나라 런던 하늘 높이
태극기가 오르며
울려 퍼지는 애국가에
조국은 하나 되고 나라 사랑 용솟음친다

눈부신 성과와 빛난 투혼
터지는 함성과 환희는
어기찬 울분도 이겨냈다

피땀으로 희망을 쏘아
스포츠 강국으로의 새 역사를 쓴
대한의 장한 아들딸들이여!

—

그대들이 안겨준 승리의 기쁨으로
온 나라는 행복으로 출렁였네
자랑스런 꿈나무들
Again Korea Korea

*2012년 8월 런던 올림픽

낙동강은 영원하다

칠백 리 굽이마다 물새떼 날아드는
질박한 마을 포근히 감돌며 흐르던 저 강
1950년 한여름을 달군
6.25의 날벼락은 길고도 처참했다

짓밟힌 강산을 끌어안고
다부동전투 치열한 전선에
수많은 젊은이의 붉은 피 흐르던
낙동강은 끝내 이 땅을 지켰다

강바람 타고 등짐 실어 나르며 선하게 웃던
강정나루 사공은 포탄에 한 팔 잃고,
남은 배 한 척 불귀의 객

하늘이 강물을 말없이 다독였다
죄 없이 가라앉은 왜관철교 끊어져도
강물은 여전히 한 몸으로 흐르더니
당당하게 산업의 꽃 피웠네

기억해야 할 그날 강기슭 짙푸른 소나무마다
그날의 아픈 흔적, 역사의 전설되어 크고 있다

순국 영령들이시여 꽃다운 학도병들의 고귀한 넋이여
그대들의 위대한 충혼은 헛되지 않아
오늘 우리는 세계가 놀라는
경제 대국의 반열에 올랐으니
자랑스런 대한민국을 지켜보소서

아직 끝나지 않은 전쟁
저 북쪽의 빈곤과 억압을 걷어내어
자유와 번영의 물결로 춤추고 노래할 날을
낙동강은 말없이 기다리네

오! 영원히 가슴으로 흐르는 피붙이
낙동강을 어찌 사랑하지 않으리

가을이 오고 있네

연둣빛 햇순
봄날을 간직한 채
긴 장마 뜨거운 바람
큰 시련 이겨낸
가을이 오고 있네

타는 열정으로
달구어진 산과 들에
무성한 나무와 꽃들
새들 날아 위로하니

흘린 땀방울
알알이 열매로 익어
황금빛 노을 일렁이며
계절의 수레 타고 오네
가을이 함께 타고 오네

산다는 것은 축복이라

저마다 크고 작은 소망 키워
비워둔 곳간 채우려는
가을을 기다리네

좁은 문을 향해

하루를 여닫으며 다시 길을 떠난다
갈 수 밖에 없는 이정표 따라
누구나 쉬임없이 좁은 문을 향해 간다

혼신을 다해야 열리는 문 앞에서
펼쳐볼 꿈이 크고 소중하여
들고자 하는 문은 좁고 아득하다

피어나는 꽃
하늘을 나는 새들이 그러하듯
생명의 잉태는 아픔과 상처 보듬고
좁은 문을 거치는 동안
세상을 얻는 영광이 있기에

들고 싶지 않은 문들 때문에
희한으로 가슴 아려 눈물도 흘리지
스치는 문마다 낡은 기억 지워내며

—

닫혀 있는 문 앞에서
열림의 환희를 꿈꾸는 나날
내 작은 소망을 위해
좁은 문 앞으로 다가서 본다

엄마의 밥상

아흔다섯 울 엄마
교통사고로 두 다리 크게 다쳐
난생 처음 병상에서 밥상 받으시네
어버이날 내일모레인데

세상에 하나뿐인 내 엄마
지난 날 편히 앉아 받은 밥상
헤어보니 열손가락 넘지 않네

찬은 두세 가지
늘 손수 차려 마주한 밥상
당신의 명맥을 잣아 올려준 충직한 반려
숱한 세월 닦아내느라
낡고 더 작아진 소반

몸은 지팡이에 의지해도
정신은 청명한 가을 하늘
오가던 복지관 식판 점심도

성찬으로 흡족하신 분

진액 한 방울까지 다 내어 주시고
바스러지듯 삶의 흔적 짙게 배인
마른 대추보다 더 자글자글해진 얼굴

엄마! 어서 나아 집으로 와요
붉은 카네이션이 기다리는
당신의 소반 정갈하게 닦아
즐겨 드시는 열무김치 올려
슴슴한 밥상 차려 드릴게요

— 2016. 5

하얀 대합실

메디효병원
병실 침대마다
무표정한 얼굴로
침묵을 익히는 백발의 나그네들

매표구도 행선지도 보이지 않는 곳에
누구도 되돌아 온 적 없는 아득한 길을
홀로 어찌 가시려나 울 어머니

하늘길인가
바닷길인가

굽이굽이 고달픈 한 생生을 사노라
장장하던 육신
모진 풍상에 마른 삭정이 되고
복사꽃 곱던 얼굴
저승꽃 피었네

—

더러는 환하게
행복했던 기억들을
망각의 강으로 흘려보내고
마주잡은 빈손
자꾸만 작아지는 내 어머니

생生과 사死의 경계에서
조용히 숨고르기하는
하얀 대합실

연잎사랑 1

세미원 드넓은 연못 위
고운 빛 무리지어
연蓮 등불 밝혔네

칠월의 불볕과 세찬 빗물
말없이 받아내려
어둠에서 빛으로
한 생生을 끌어 올렸네

오롯이 맑게 더 맑게
정갈한 미소 머금고
피어오르는 수련

지켜주는
진초록 연잎사랑
크고 아름다워라

연잎사랑 2

단풍길 따라 발길 머문 세미원
꽃무리 지어 환히 반겨주던
수련은 간데없고
빛 잃은 연잎은 물 위에 누워 있네

절절한 연잎사랑 뿌리치고
밤이면 내려와 소근대던
어느 별님 따라
연등불 밝혀 들고
하늘 소풍 가버렸나

시든 연잎 네 사랑
어느 바람에 실어 보내고
무심한 물오리떼 물살 가르는
황량한 강가에서
꽃님을 기다리네

봄눈

간 밤
꽃샘바람 무동 타고
나풀나풀 흰 꽃 날아든다

밤새 잠 설치며
소용돌이로 맴돌던 자음과 모음 사이
얼치기 시어詩語 조각 퍼즐을 맞춘다

흩날려 눈물 되어
쌓이지 못하는 봄눈
창문에 새겨둔 詩 한 줄

깨어보니
지워진 하얀 창窓
야속해라 해살궂은 봄눈이여!

실레마을이야기
— 김유정문학관에서

문학관에 들어서니
한 벽면을 차지한
'미친 사랑의 노래'
29세에 요절한 천재의
명창 박록주를 향한
답신 없는 수십 통의 연서

가슴 태워 끓는 피로 쓴 탓인가
공허한 마음, 술로 써 보냈던가?

끝내, 홀로 빛나는 별이 되어
지금도 그대 없는 실레마을 이야기는
불같이 뜨겁고
얼음 보다 차가운 미친 사랑의 노래
전설로 맴돌고 있는
지독한 사랑 이야기

부채 바람

한지 입은 댓살 접었다 펼쳐들면
댓잎 바람 살아난다
살랑이는 바람에 사랑가를 불러보면
이 도령과 춘향이 마주보고 웃는다

다시 접어 펼쳐 들고 흥부가를 부르면
흥겨운 가락 속에 박 터지는 소리
어깨춤 절로 난다

내 맘속 타는 아픔 댓살 바람 쓸어가나
큰 부채 펼쳐 들고 어름산이 외줄 타듯
삼복을 건너간다

평창이여!

침묵에 묻혀 있던 눈 쌓인 산과 계곡
어둠을 열고 천千의 빛으로 수놓은
오륜五輪 비둘기 날려 밤하늘을 밝히니
환호와 탄성으로 들썩이는 산촌

눈과 얼음의 축제에 모여든
열정과 젊은 투혼으로
평창 얼음골은 뜨겁게 물결친다
모두가 챔피언
맺히는 땀방울이 금빛으로 눈부시다

얼었던 남과 북이 어우러져
꿈과 희망의 날개 펼치니
평창이 달처럼 떠오른다
둥실! 높이 떠오른다

— 2018. 2

판문점의 봄
— 먹거리 타령

철조망에 길을 잃은 판문점에
얼었던 봄꽃은 이제 피려나
앙숙快宿이던 남과 북
서로 손잡고 마주보며 웃고 있네

아리아리 아리랑 아라리오

유년시절 추억이라 차려진 밥상엔
부산달고기와 스위스감자전
평양냉면 빠질세라 앞자리 차지하고
민어 해삼편수와 오리쌀밥
문배주 두견주로 축배를 드네

아리아리 아리랑 아라리오

내 유년시절 추억 속 먹거리는
꽁보리밥에 된장국
잊혀져가는 허기진 밥상

보릿고개 넘고 넘치는 오늘을 사네

아리아리 아리랑 아라리오

발걸음 자유로이 한라에서 백두까지
오매불망 그리던 부모 형제 만나
판문점의 잔칫상에 둘러앉아
막걸리 건배주에 취하고 싶네

아리아리 아리랑 아라리오

외로운 사람아!

그대, 너무 높이 올라
쌓인 무게로 감내키 힘든 혼돈의 시간들
무궁화 꽃피울 큰 꿈은
어두운 장막에 가려지고

어딜 갔나?
따르던 무리들
홀로 뭇매 장대비 맞으며
찬바람 휘도는 적막한 자리

외로운 사람아!
여인의 내밀한 일상까지 들춰내려는
모진 수모 슬프고 황당하여라
우린 모두가 죄인
뉘 감히 그대에게 돌을 던질 수 있으랴

비명에 간 선친 묘소에 엎디어
쏟아내는 통한의 눈물

그대를 밀어 올린 말없는
민초들의 가슴으로 젖어오는데

외로운 사람아!
매서운 겨울 지나 목련꽃 피는 봄엔
버거운 짐 벗어 던지고
지난날 어느 여름날 그랬듯이

햇볕 부서지는 바닷가
은빛 파도에
치맛자락 입맞춤하며
두 손 흔들어 웃는 얼굴 보고지고

— 2016

바람에 날리는 연鳶

바람 불어 좋은 날
독수리, 가오리연…
호기롭게 하늘을 날고 있다

먹구름 회오리바람에
당기던 연실 툭 끊어져
곤두박질이다

오래 뛰어 쌓은 명예, 권세와 높은 감투
뜬구름 새벽안개 한줄기 연기로
한 순간 무너져 내린다

엄정한 법이
휘젓는 잣대는 묘하게
아전인수我田引水에 길들여져

이 쪽 저 쪽에서
번차례로 스스로 드리운 법망에 걸려

요동치는 오늘의 살얼음판
가히 법정구속 전성시대라

세찬 바람결 모서리에서
법 없어도 그만인 풀뿌리 우리네 삶
태평성대太平聖代에 뜰 연鳶바라기에
야윈 목 더 길어진다

서로가 서로에게 간절한 것은
화해와 용서인 것을
기해년 새봄 언 땅에 훈풍은
어디쯤에서 불어오나?

— 2019

겨울 단상斷想

찬바람 부는 거리를
오리떼 걸어간다
몸통은 어디 두고
깃털끼리 살아 모여
조르르 뒤뚱뒤뚱
오리떼 걸어간다
꽥꽥 소리에 발맞추어
오리걸음 나도 간다

푸드득 양 날개 펼쳐 보아도
날아오르지 못한 애꿎은 넋을
하늘의 조문弔問인가
솜털 같은 하얀 눈 너울너울
소리 없이 쌓인다
오리떼 머리 위로

내 사랑아!

어디서 왔을까?
내게로 온 녀석들
하늘이 내린 선물

혼자서 날마다 불러본다
도돌이표로…

성민아, 성진아
주예야
승호야, 유진아
내 가슴에 박힌 오색의 보석들

빛나는 별이여!
아름다운 꽃이여!

몽땅
내 첫사랑이다

새처럼 날아봅니다

노래하는 새들 따라
하늘을 날아 봅니다
도움닫기로 가장 낮은 곳에서
높이 올라 내려다봅니다

삭막한 세상
아름다운 것은 얼마나 남았을까?
가진 게 적을수록
아무것도 가진 것이 없을수록
더 높이 날 수 있습니다

두 팔 흔들어
가볍게 올라
더 많은 것을 볼 수 있습니다

낮고 구석진 자리에 뿌린
기쁨, 희망, 즐거운 노래까지
고 작은 눈으로 볼 수 있다니!

아픔, 고통, 슬픔의 무게
젖은 날개 벗어내
새처럼
하늘 높이 날아봅니다

2부

노을 속으로

작렬하던 태양
하루 일 마치고
노을 물드는 서녘 하늘가
나무 그림자 길다

우주의 섭리
비켜가는 자 누구인가
스스로 따라가며 태워가는
경이롭고 찬연한 빛
그림자 속에 감겨들어
잔영으로 물 위에 떠가네

지워지는
노을꽃, 구름꽃들이

봄 햇살 환한 길
― 대학문 들어서는 손주에게

개나리 피고 봄 햇살 환한 길로
새내기 대학생 푸른 꿈 안고
발걸음 가볍게 가고 있구나
새로운 미래가 기다리는
지성知性과 젊음의 시간 속으로

많이 보고 배우고 또 배워라
더 넓어진 세상을 알기위해
어깨에 멘 가방 속에
가던 길 헤맬 때 나침반이 되고
힘들고 지칠 때 일어서는
지렛대가 될
지혜와 용기 열정 인내 희망을 가득 채워라

人生은 훗날 스스로
'행복하게 사는 자'의 것임을 잊지 말고
가슴 설레는 아름다운 사랑도 나누어야 겠지
서로의 이름을 기억해주는

정 깊은 친구를 많이 두어라

사랑하는 손주
늘 꽃길만 간다면 오죽 좋으련만
때로는 높은 산맥 넘어야 하고
깊은 강물도 건너야 하리
두려워 말고, 소중한 꿈이 있기에
굳건한 의지로 능히 감당하리라

하늘 푸르고 바람 상쾌한 오늘
넘치는 기쁨으로 너의 앞날에
나의 모든 소망 모아
축복의 큰 박수를 보낸다

은빛 내 별

먼 길 돌아 온 빈손
허허로이 눈길 닿는 곳에
숨어 기다려준 별 하나

발돋움하여 반겨
가만히 따 안고
떨리는 가슴 쓸어내리네

성급한 손짓에
무채색 그대로인 헐벗은 나무
그 초라함 어찌 알고

올려다보기 만하던 내 별
홀연히 내 가슴 환희로 흔들어준
너를 위하여
손끝이 쓰리도록 갈고 닦으리

은빛 반짝이는 내 별이여

아픔을 지우고 위로 받으니
본향으로 가는 길 외롭지 않네

— 2012. 2

꿈

마음에 심어 피어나는 꽃
무지갯빛으로 물드네
신기루 환영 속에 길을 잃어도
놓칠 수 없는 너의 영롱한 빛
사람만이 내려 받은 이 선물
내 영혼을 일깨우네

하늘 닿는 곳 무지개다리 놓아
우주의 언어 속을 더듬어
내 가슴에 담은 시어詩語 한 줄
하늘의 노래를
땅의 노래를
별빛 함께 불러보리

복수초

더는 기다릴 수 없어
입춘立春 바람 열고
몸 추스르고 언 땅 헤집는다

얼음물 머금은 채
수줍은 듯 얼굴 붉혀
금빛 웃음 짓는 너

하아!
어여뻐라 첫사랑
내 님아

봄 마중

이른 아침
창문 밖 까치떼
새 소식 전하려나 소란스레
깍 깍 까각
수다 한 마당에
선잠 깨우는 소리

단비가 대지大地를 두드리니
쏘옥 고개 내밀어 하늘을 보는
연초록 햇순의 고운 눈빛
호오! 반가워라

햇살 눈부셔
설레이는 아지랑이 너는 스무살
분홍너울 살랑대며

꽃바람 두근두근
님 오시는 소리

모시적삼

풋보리 익는 계절이면
진풀로 매만져
올올이 살려낸
새하얀 모시적삼

아흔이 넘어도 고집하는
어머니의 여름살이
고단했던 삶이 묻어
낡아서 더 살가운 모시적삼

당신만의 명품으로 지어내어
매미소리 등에 업고
고향집 뒷동산 솔바람 실어왔나
가슬가슬 한더위도 비껴가는
어머니의 새하얀 모시적삼

멋진 인사

이 땅에 평화를 두고 가신
하느님의 뜻이
하늘과 땅 사이에 가득하거늘
끝없는 탐욕과 욕망을 밀어내면
슬며시 차오르는
그대와 나의 평화!

경건한 미사 중에
빠짐없이 나누는
따뜻한 인사
'평화를 빕니다'
마주보며 해맑게 웃는 얼굴

새들이 즐거이 노래하듯
봄비에 피어나는 꽃을 보듯
우리 서로 두 손 모아
멋진 인사를 나눕니다
그대의 평화를 빕니다

난蘭을 품은 바위

휘어지듯 가녀린 잎새
바위틈에 몸을 내려
살포시 꽃 문 여니

청아한 난蘭향은
바위 곁을 감돌고
숨결 주고받는 고결한 사랑

품어주는 바위사랑
깊고 그윽한 향
분별없이
벌 나비
나르지 마라

타고난 생명은 서로
명분이 있음이니…

나무 별곡 1
─ 소나무

처음부터 푸르게 태어나
짙푸른 빛 한결같이 무성하다
헐벗은 겨울 산에서도

그 이름 누가 지었나
소나무의 '소'자는
그대로 소나무 모양새다

산에
들에
바닷가에

어디서나 가까이 다가서는 나무
십장생 품목에 올라
천년지기 세월 끼고
의연한 낙락장송
장수 충절 인내와 희망을
침묵으로 가르친다

솔숲에 앉아
솔향에 취하듯
솔바람 무동 타고 하늘을 오르는
푸른 기쁨이여

나무 별곡 2
— 단풍나무

가을을 기다려
쪽빛 하늘아래

채색의 향연을 펼친다
현란한 손짓으로

화려하게
절실하게

꽃이 아니어서 서러운 단풍
꽃이 되기 위해

혼신을 다해
빛의 고통을 감내한다

그대 향해
석양빛에 타오르는 노을처럼…

—

한 生을 태워야
환생할 수 있음에

스스로 꽃이 되는 주홍빛 사랑
타오르는 몸부림이다

능소화

한 번의 만남이 꽃이 되어
전설로 피어나는 애틋한 사랑
뜨거운 태양 아래
타는 그리움
주황빛 꽃잎 열고
기다림을 익히네

그대 향한 간절함은 넋이 되어
줄기줄기 넝쿨 타고 오르고 올라
담장 넘어
먼 길을 내다보네

무심히 떠가는 흰 구름에
그 님 모습 찾으며
피고 또 피는 능소화 사랑
저리도 고운 모습 애닮아라
해마다 여름이면
다시 오는 능소화

가자미 눈

가자미는 언제부터 알았을까
눈치로 사는 세상
납작한 몸통 배는 희게
등은 진갈색 비늘로 치장하고
두 눈은 한껏 가운데로 모았다

가자미 눈들이
어지러이 떠다니는 세상
해와 달도 비구름의 눈치를 알아
비 내리면 숨어버린다
가던 길 힘들고 낯설 때
가자미가 된 내가 말한다

갑갑해 불편해
'편하게 웃고 싶어'
납작한 목소리로
눈치로 사는 세상을

열무비빔밥

풋보리 어서 베어
무쇠 솥에 지은 꽁보리밥
옹기 자배기에 반만 퍼 담아
밥보다 더 많은 어린 생 열무
수북이 한 소쿠리 쏟아 붓고

된장찌개 고추장 얼추 간 맞추어
어린 잎 달래가며 자박자박
가난도 함께 돌려 비벼
평상 위에 올려진 비빔밥 한 자배기
놋숟갈 다섯이 군말 없이 달려와
재그락 소리 담아 부지런히 퍼 나르니
자매들 배부르고 우애 절로 쌓여갔네

여름내 평상 위는
모깃불에 수다를 피워내며
웃음소리 골목으로 내달리고
구순하게 서로를 다독이던

그 시절 열무비빔밥
세월 가도 잊을 수 없는 그 맛
놋숟갈 다섯은 녹슬어가도
추억 속에 생생히 되살아오네

서리꽃

눈 내리는 겨울나무 찾아
동장군이 지어 입힌
가지마다 흰옷 단장
하얀 얼음꽃 눈부시다

서릿발 같은 오기 돋쳐
뭇 새조차 비껴가고
찬사랑 받아 안고
가슴 시려 서러운 꽃

고요가 흐르는 별밤 아래
뜨거운 눈물 흘러내려도
그대 꽃이 되고 싶은
간절해라! 아름다운 상고대여

낙엽 지는 길

숨 가쁘게
초록 꿈 추스르다 놓쳐버린
내 안에 설익은 사랑
아직인데 철모르는 낙엽

가을빛 석양에 물든
메마른 노을 꽃 앞에서
괜스레 눈물 난다

쌓인 낙엽 밟으며
길 떠나고 싶다
바람타고 낙엽처럼

가볍게 떨어지는
고운 잎새가
더없이 부러운
한 인생이 가고 있다

시를 사랑하는 사람들

삭막한 마른 땅에
노래의 씨앗을 붓고
예리한 붓끝은
물길 끌어와
시심의 꽃을 피운다

지친 영혼의 쉼터엔
시향詩香 자욱
꽃이 된 나무에서
새들이 모여 배우리라
맑고 고운 소리로
사랑과 평화의 노래를

어지럽고 혼미한 세상
그 가운데를 가로지르는 시심은
저마다 크고 작은 등불이 되어
내일을 밝혀 간다

—

'불어오는 바람 속에 답이 있다'는
밥 딜런*의 노랫말에 귀를 열고
행복을 꿈꾸는 그대들
아름다워라 시인이여
시를 사랑하는 사람들아

*밥 딜런(1941~) : 2016년 노벨문학상 수상자

찔레꽃 연가戀歌

매혹의 탐스런 장미는
어리석은 너의 꿈이었나
작아서 앙증스런 하얀 찔레꽃
주어진 멍에 벗어나지 못하고

향기조차 수줍어
펼치지 못한 꿈은 짐짓
하얀 웃음으로 토해내는
아리도록 소박한 꽃

울타리 넘어
들머리 지나
산비탈 저 먼 곳까지
하얗게 새하얗게 내닫는 몸짓

소소昭昭히 돋은 가시마저
애처로워 소박한 꽃

—

목울대 곧추세워 불러보는
찔레꽃
찔레꽃

순백의 아픔이여
두고 온 그리움이여

은하수

공평하나 무심한 듯
냉혹한 시간인 것을
몽매한 내가
짧은 生 무한無限으로 펼쳐두고
맴돌이로 흐르다가
뒤돌아본다
지나온 길목에서
환하게 빛나던 날은 몇 번이었나

매운 눈물 흘리며
내 아픈 사랑
차마 두고 떠나지 못하는
천근 발걸음
간절한 소망 자꾸만 가뭇해진다

광막廣漠한 서녘 하늘가
홀가분하게 날아갈
선물 같은 그날은 언제런가

잠 못 드는 밤
창가에 어른대는 달빛 따라
저 하늘 미리내에
꿈길 내어 흘러 가본다

과천에 살어리랏다

앞에는 푸근한 청계산이 자리하고
뒤는 늘 푸른 관악산이 감싸 안 듯
맑은 정기 내려 받은 내 고장 과천

서울대공원에 봄이 오면
홍학은 춤을 추고
개나리 벚꽃 화사한 손짓에
방방곡곡 나들이객 불러 모으네

준마는 광창들판을 신나게 달리고
국립현대미술관에 이어
추사의 얼이 깃든 과지초당瓜地草堂 찾아
詩書畵를 즐기는 문인들의 고장
예술의 향기 드높아라

남태령 고갯길 오가는 길손들
시샘하듯 아름다운 고을 풍경
마음 가득 담아 가네

비둘기 같은 깊은 정 나눠가며
오순도순 선한 사람들이 모여 사는
평화롭고 살기 좋은 곳
나 언제까지나 살리라

내 고장 과천 으뜸일세

한식 성묘

황톳길 숨 가쁘게 올라 닿으니
진달래 곱게 피어 소리 없이 반기는데
산새 소리 적막을 가르는 봉분 앞
차오르는 속울음 삭힐 수 없네

당신은 어찌 편안하신가요?
무언無言은 침묵으로 흐르고
술잔 위에 내려앉은 먹구름
무심한 바람결에 물결치듯 비껴가네

홀로 동그만 봉분 옆 빈자리가
아직은 낯설고 아득하여라
잔디 한 꺼풀 벗겨내 덮으면
이승은 저승으로 마무리되는 것을

죽어서도 지켜주고 싶은 자손들의 무탈을
엎드려 비는 간절한 맘 한 자락 묻어두고
황망히 돌아서는 등 뒤로

솔가지 사이 까치 한 마리
푸드득 놀라 어디론가 날아가네

가을 시샘

꽃 진 썰렁한 베란다 한켠에
국화분 하나 들어오며
샛노란 꽃송이들이
환하게 수줍은 인사를 건넨다

잠시, 조용하던 관음죽이
스삭이며 잎소리를 낸다
군자란 헌칠한 잎이 흔들거리고
파래진 잎새들 다가서듯 술렁인다

철 따라 찾아온 가을꽃
천리향 너마저 흔들기냐?
아서라! 내 사랑은
꽃심을 고루 적셔 내리는
봄비 같은 것을…

감성 한글
— 캘리그라피

붓끝 세워 길을 낸다
틀에 갇힌
자음 모음의 글꼴들이
일탈을 꿈꾸며
자유를 노래하듯 길을 만든다

울타리를 벗어난 사슴처럼
날렵하게 때로는 느긋하게
시원하고 멋스럽게

꽃잎 얼싸안고
푸른 초원 가로질러
단풍잎 사이로
눈 내리는 하늘까지

천지를 그려낸다
향기를 피워낸다
ㄱ ㄴ ㄷ ㄹ ㅁ ㅂ ㅅ…

빈 마음

빗장 없는 마음이라
부질없는 욕망은
수시로 드나드는 불청객인가

흐릿한 물안개로 뒤덮이는 날
젖은 날개 퍼득여 보지만
비워라! 비워라!
다그치는 선승의 죽비소리

소용돌이치는 번뇌의 조각들이
밀물과 썰물이 엇갈리는
어정쩡한 경계에 서면

떠날 줄 몰라 부대끼는 마음자리에
비워내면 채워지는 것은 또 무엇일까?
채울 것을 채우지 못하는 아둔함이여

숲의 노래

지친 발걸음
숲길 찾아 들면
어릴 적 어머니 품속 같아
거센 파도에 부대끼는
나를 다독이듯 감싸준다

바람은 햇살을 감아 안고
별빛에 졸고 있는 나뭇잎을 흔들어
소리 없이 쏟아내는
청량한 숲의 향내
흐릿한 내 영혼을 일깨운다

쉿! 고요 속으로 들어가
뭇새들 엎디어 귀를 열고
수런수런 움트는 생명의 소리
가장 아름다운
숲의 노래가 들려온다

3부

천리향千里香

가는 길 멀고멀어
향香으로 전하랴

오는 길 잃어버린 그 님
향기 따라 오시라고
자욱마다 뿌린 향
바람에 실어 보내랴

기―ㄴ 긴 나날
붉은 혼으로 빚은 숨결
전할 길 없어
나 홀로 품고자
창窓을 닫아 봐도

매정타!
고이는 맘 모르는 체
천리千里를 가버리는 너

나에게 행복이란

산 넘어 행복이 있다는 말에
행복 찾아 소년은
수 없이 많은 산을 넘고 또 넘어간다는
동화 같은 이야기가 전설처럼 이어져오듯
행복이란
이름과는 달리 그리 녹록치 않아
우연이나 저절로 오지 않고
끊임없이 찾아 가꾸는 인내 끝에
조용히 서서히 오는 것임을

'인간은 행복을 추구하는 이성적 동물'이라는
고대 철인의 말(아리스토텔레스)
'지성이나 이성을 가능한 최대로 발휘하여
값진 삶을 완성하는 것'이라는(스피노자) 말 등
예로부터 오늘에 이르기까지
그 이름을 떨치는 현자들의
난해한 이론들을 간단하게 일러주는 결론을 보았다

—

행복이란
주위의 속박에서 벗어날 때
고통이 없는 상태에서
자유의지로 살아가는 것이라는 것
참 맞는 말인 것 같다

오랜 집필생활을 한 작가 박완서 님은
글쓰기를 멈춘 말년이 행복했노라는 말을 남겼다
행복을 향한 힘겨운 여정을 거친
선자先者의 말이 아닐까?

나는 행복이 가을이라 생각한다
농부가 씨 뿌려 가꾸고 거둬들이는 계절
봄이 소년이라면
가을은 행복을 맞이하는 노년임을

시 쓰기로 행복을 찾고 있는 나
시를 추수하는 이 가을 행복하고 싶다

내 그림자

빛을 모르고 조용히
앞에서 때론 뒤에서 나를 따라와
달을 보내고 해를 따라 살아온 시간들

기쁨에 웃을 때나
고통의 바다에 빠져 가슴 아파 울 때도
온전한 그늘이 되어 나를 받아 주었지

숨김없이 비추는 무채색 거울처럼
한 탯줄에 포개어져 태어난 내 그림자

깊이를 알 수 없는 너의 그늘 속에
고운 빛 한 자락 씌어 주지 못한
무심한 나를 용서해 다오

여태 씻어내지 못한 내 안의
부질없는 욕심 위선 이기심 인색함
오만과 아집 그리고

알게 모르게 지은 죄 한짐까지…

간절한 마음 앞세워
새벽 달 그림자 이우러지듯
지워낸 자리에 너를 들여

못 다 한 사랑 보듬어 안고
매일 아침 푸른 햇살에 감사를 나누며
세상 끝날 까지 함께 가리

내 그림자여!

자연이 좋아

산이 좋아
산에 사는 자연인
고독은 사치라네

곤곤하던 세상살이
산 아래 부려놓고
어디선가 불어온
안개 속 바람길에서
별천지를 찾았지

새들 반겨 노래하며
어여쁜 꽃들이 벌 나비 불러오니
계곡의 맑은 물고기와
노루 멧돼지 고라니 산토끼는
숨바꼭질 친구다

가까이 또는 멀리
느긋하게 둘러선

산봉우리 봉우리들

바라보이는 모두가 나의 것
두려울 게 없는
자유로운 삶이여

풀뿌리 캐며 채마밭 일구며
아낌없이 내어주는 자연 품에서
찾아올 한 사람 기다리는
산중살이 자연인
혼자서도 마냥 행복하다네

겨울 동백

꽃무리에 빼앗긴 사랑
되찾으려는 몸부림인가

호시절 다두고
하필이면 눈 덮인 엄동이랴

계절의 맨 앞에서
칼바람 끝에 묻어온 햇살 엮어

설핏 매단 빠알간 미소에
파랗게 질린 잎새가
신음을 대신한다

새들도 잠자는
눈 내리는 겨울 밤
홀로 피운 나만의 사랑

오실님 흰옷자락에

붉은 순정 풀어낼
시리도록 선연한 자태

아픔에 떨며
사랑 길어 올려
필 때도 질 때도 꽃다운 동백

동백꽃 피는 겨울이 따뜻하다

청령포 가는 길

타임머신을 타고
500년 더 먼 시간 속으로
청령포를 찾아 나선다

멀고 험한 길
넘어야 할 준령은 몇이며
건너야 할 강은 몇 구비인가

인적 없는 첩첩 산중
어린 왕의 유배행차는 아득하기만 하여
지나는 길섶마다 초목인들 무심했으랴

만인의 사랑 덧없어진 열두 살 지존은
서슬 퍼런 피바람
피할 수 없는 숙명이었나

한양 떠난 이렛만에 당도한 영월 청령포
삼면은 강물이 둘러졌고 뒤는 깎아지른 절벽

적막강산에 갇혀 비명에 간
열일곱 소년의 맘을 헤아려 본다

얼마나 보고 싶었으랴
생이별로 한양에 두고 온 한 여인(정순황후)
사무친 그리움 달래며
홀로 쌓은 망향탑은 한 서린 아픔의 흔적이네

청령포 수림지
송림 사이 두 갈래로 뻗어 올라
600년 지나도 변함없이 서 있는
그때의 관음송觀音松은
오늘도 찾는 이들에게
권력의 냉혹함과 무상함을 말없이 일러주건만…

슬픈 전설을 전해주듯 때마침 내리는
초가을 비가 돌아서는 발길을 숙연히 적셔준다

여든이 넘어도

은혜의 빛으로
지구별에 태어나
분홍빛 행복을 꿈꾸며

주어진 세월의 무게업고
산 넘고 물 건너 돌밭 길
여든 해 걸어 여기 왔네

지나온 길 아득해
다시 가는 길 보이지 않아

여든을 밀쳐두고
철없는 아이로 살고 싶네

기―ㄴ 여정에
겹겹이 감싸온
빛바랜 옷자락 벗어버리고

―

나비처럼 가벼운
색동옷 갈아입고

온 천지가 내 편
가진 게 없어도
마냥 행복하던
그 시절

별나라 꿈꾸는 공주되어
수줍고 철없던 어린 날의
여든을 살고 싶네

기다리는 마음

님은 안 오시네
한 해 가고
새날이 밝았는데

텅 빈 겨울하늘
찬구름 눈으로 내려
눈가를 적시는데
님은 아직 안 오시네

쌓인 기다림이
꽃 물결로 흘러넘치고
오시던 발걸음 땅 끝을 휘돌아
도원경桃源境에 머무시나
소식 없어 애태우는 마음

님은 이제사 오시려나
환한 모습으로
시름에 잠겨 초췌해진 나

행여 낯설어 하실까
꽃단장 서둘러
기다리는 마음

공중전화 이야기

재건축 현수막이 내걸린
아파트 단지 안 상가 모퉁이에
우두커니 서 있는 공중전화

그 앞을
휴대폰 쥔 사람들 무심히 지나간다
지난 날 급한 발걸음 줄 세우고
동전소리 요란하게 위세도 눌렀다

흑백사진이 컬러로 변하듯
세상의 비정함은 칼날 같아
이제는 침묵을 익혀야 할 때
너를 거쳐 오고간 별만큼 많은 사연들
어느 망각의 시간 속에 접어 두었다
먼 훗날 펼쳐질 전설이 되랴

곧 어둠이 내리면
가는 곳조차 모르는

처연한 모습의 공중전화 부스 안으로
지나던 가을바람 도망치듯
낙엽 한 줌 밀쳐 넣고
석양은 잠시 머물다 떠난다

나무별곡 3
— 자작나무

하늘 향해
곧게 뻗어 오르며

투―욱 툭 제 살 곁가지
떨쳐내 버리는 비정의 나무

아린 상처 싸매가며
하얀 수피에 촘촘히 사연을 적는다

은빛 나무 황홀해도
한 발작 내딛지 못하는 질곡의 생애

어느 생을 꿈꾸는가?
잠재울 수 없는 바람의 방랑기
졸지에 불을 만나
자작 자작―

온 몸 태워 토해내는 너의

절절한 이야기
자작나무 이야기 속으로
걸어가는 이는

누구나 시인이다

나무별곡 4
— 배롱나무

고즈넉한 산사山寺
풍경소리 뒤로 하고
속세가 궁금하였나?

내 사는 과천 아파트단지
수목이 촘촘한 정원 가운데

'수령 90년 넘었노라' 팻말 안고
천근의 무게로 눌러 앉아

고아高雅하게 젊은 꽃 피우고 있다
나 보다 늙은 배롱나무

백일을 가늠하고
가녀린 가지 끝에
별빛 닮은 잔잔한 꽃잎
외로워 말자며 서로 보듬고
꽃 분홍 선연한 빛 무리져

하늘 공간 차지하여
바람에 피고 지는 배롱나무꽃

때로 산이 그리워
관악산 청계산 건너다보며
가지 흔들어 손짓하는

백년고목
흐르는 세월 받아 안고
그리움의 꽃을 피워 올린다

처방이 필요해

처음 보는 꽃이라 다가갔네
향기는 황홀했네

모종으로 한 그루 덥석 받아
애면글면 마음 쏟아 부었지

어찌어찌 가까스로
작은 열매하나 맺었네

시 꽃망울인가
철없이 기다리던 조바심
얄미운 입 앙다물고 웃지 않네

꽃 한 송이 피우지 못한 내가
밤마다 몸살이네

부실한 뿌리 탓인가
아무래도 스승님 처방이 필요하네

만델라 가는 길

만델라 가는 길 장엄하여라
셀 수 없는 험난한 날들을
자유 평화 위해 헌신하여…

이념과 인종차별의 장벽을 허물고
화해와 용서로 하나 되는 세상을 위하여
가는 길에 온 지구촌 지도자들을 불러 모아
추모의 물결 물결 꽃물결 이루니

아름다운 넋을 기리는
고요한 촛불은
어둠을 걷어내는 희망의 등불로 타올라

남아공 고유의 춤과 노래로
위대한 거인
마디바*를 보내는 세기의 추도식에
경건히 꽃 한 송이 바치고 싶다

*마디바 : 넬슨 만델라의 존칭

오월에 산다

계절의 여왕
오월
아름다운 축일祝日이
향기를 입고 온다

어린이날
어버이날
스승의 날…

오색의 꽃 천지
기쁨과 행복은
꽃 속으로 스며들어
새들은 맑은 노래로
웃음꽃 피워 낸다

사랑을 나누며
은혜에 감사하며
기쁨이 충만한

에메랄드빛으로 물든
찬란하고 따스한 오월
초록빛 오월이 눈부시다

어디로 가고 있나?

노을빛 지고
달빛 따라
외로운 길

낡은 조각배
심한 멀미에도
바람처럼 자유로운 영혼

너에게
깊고 뜨거운 사랑
불사르고 싶은
나만의 성城에 닿으려

온 밤을 노 저어
가도 가도 제자리
보이는 듯 아닌 듯

닿을 수 없는

환상의 파라다이스에
닻을 내려놓지 못한 빈 배

넌 지금 어디로 가고 있나?

나그네

어둠에서 나와
먼동이 트는 길을
가는 곳 모르고
무작정 한 생生을 지고
나 여기 와 섰네

모진 세파世波 헤쳐내고
내색 없이 흘러가는
강물 따라 떠가는 낙엽

만남과 이별離別의
꿈같은 순간들이
봄 지나 여름 가을 겨울
수없이 반복되는 사계절
펼쳐놓은 여정旅程의 파노라마

기쁨은 그리 짧고
아픔은 깊고 길어

쏟아 부어도 축나지 않을 사랑은
왜 그리 아꼈을까?

네가 그렇게 가듯
나 또한 그렇게
외롭고 낯선 길

한줄기 바람에 덧없이 흩어지는 뜬구름
빈손 흔들며 떠나는 나그네
발길 멈추는 세상 끝에서
아아 너를 다시 만나려나

여하산방如霞山房
― 시인부부에게

물 맑은 양평
남한강 굽어보는
석장리 산허리
울바자 없이
볕바른 토담집
비탈진 텃밭에
갖가지 푸성귀가 살가웁다

버거운 삶의 무게 덜어내고
인생 이모작의 씨를 뿌린 두 사람
저물도록 푸른 이랑 사이 오가며
벌 나비 함께
노래에 시어詩語를 엮어
노을에 걸어두고

시인이 된 부부
적막을 걷어낸 노목老木에
별빛 찍어

진홍빛 하늘 물감 풀어내는

여하산방如霞山房

노을빛은 찬연하다

묻어버린 봄 편지

흰 구름 목화송이로 하늘을 수놓아
마알간 꿈 초록으로 물들어 가던 시절

처음 건네받은 꽃 편지는
뜨겁기만 하였네

사랑에 서툰
콩닥이던 여린 새가슴

낯설어 다가갈 수 없는
그대 간절한 사연들

바람 따라 떠다니는
뜬구름에 묻어 버렸지

잊혀진 기억은 추억으로
아슴히 되살아나

—

이 봄 다시 꽃구름 피어오르는 날
하 그리 서운해 하던
그대 모습 떠올려

'미안 했노라'
'고마웠노라'는

봄빛 화사한 미소 담아
뒤늦은 답글 띄워 보내리
푸른 하늘 꽃구름 속으로

내 가슴에 피어라

1
남녘 바람결에 묻어오는 봄소식
매화 따라 노란 영춘화 개나리 달려오고
뒤이어 산수유 벚꽃이
목련 진달래 불러 온통 꽃 세상

너 없는 세상에
꽃은 이리 다시 피어나고
보이지 않은 해맑은 네 모습 찾아
꽃 마중 길 나서본다
산으로 바다로

저 멀리 하늘과 맞닿은 바다 끝에서
파도는 밀려오고 가고 또 오는데
불러도 응답 없는 너의 휴대폰

어이없이 놓쳐버린 너의 고운 손
뜨거운 눈물은

회한의 강물 되어 흐른다

병마가 앗아간 너무도 짧은 생애
희디흰 배꽃 흩날리며 떨어지던 날
훌훌히 먼 길 가버린 너

2
온 우주였던 너의
사랑하는 가족들
함께 놀던 정 깊은 친구들과
소중하고 시리게 아름다운 기억 안고

외로운 꽃
혼자서 너무 많이 떨었구나
서러운 꽃
혼자서 너무 많이 울었구나

슬픔과 고통 속에 들어 있는 설움

못 다한 이야기들
내 가슴에 묻어두고 태우고 태워라
내 더운 심장이 멎을 때까지

무심한 빈 하늘
서녘 하늘가
새로이 빛나는 별 하나 뜨면
보고 싶은 너 찾아가리

천사들의 낙원에서
한 송이 순백의 백합꽃
지지 않는 천상의 꽃으로
환히 피어나라
눈부시게 피어나라

율리아나!
내 사랑아!

내 오랜 친구

먼 곳에 살아
자주 만날 수 없어도
들려오는 목소리만으로
내 마음에 그리운 물결로
다가서는 친구야

갈래머리 꿈 많은 소녀시절
친구라는 아름다운 만남이
혈육 같은 귀한 인연으로
60년을 훌쩍 넘게
우정의 깊은 바다를 건너고 있네

고운 심성이 그대로 내 비치는 큰 눈에
풀꽃처럼 소담한 모습

서로가 풀 향기 되어
오랜 세월
우리가 간직한 추억과 함께

마음과 마음을 이어주는 통로는
들어서기만 하면 금방
우정의 등불 환히 켜지네

내가 슬픔의 늪에 빠져 허우적일 때
위로와 기도로 다독여준 따뜻한 친구

혼자여서 울적할 때면
말없이 기대고 싶은 든든한 친구

때론 무심하고
옹졸한 나의 빈곳을
조용히 채워주는 사려 깊은 친구였지

그대가 친구여서 얼마나 감사한 일인가
이제는 내가
그 기쁨과 고마움을 나눌 수 있는
참 친구의 친구이고 싶네

지나온 날들이 어제런듯
선연한 노을에 앉아
남은 세상
같은 곳을 바라보며
웃으며 살다 가자는 친구

내 인생 소풍길에
먼 길도 함께라면
외롭지 않을
내 오랜 친구야!

외할머니

나에게 외갓집은
언제나 마음의 고향
생각만으로도
눈물 글썽이게 하는 그리운 곳
그곳에서 외할머니는
큰 느티나무 그늘입니다

어린 나이에 시집보낸 당신의 딸이
연년생으로 딸을 낳아
첫째인 난 엄마 대신
할머니 품에서 자라고 컸지요
유년을 살고 다시 후에 여고시절까지

어쩌다 난
당신의 세상에 없는 첫손주가 되어
온 집안의 사랑과 축복 속에
모두가 내편, 부러움 없는 세상을
한껏 살게 해주셨지요

당신의 큰 사랑은 가히 맹목적이어서
어린 나이에도 턱없이 부풀려진 내가
민망한 적 한두 번 아니었답니다

무엇이든 좋은 것은 안겨주시고
빠질세라 철따라 챙겨주신 옷차림
여고시절 닦아주신 하얀 운동화는
아직도 눈부신 추억으로 반짝입니다

어릴 적 배앓이가 잦은 내게
당신의 따뜻한 손길은
쓸어주기만 해도
금방 뱃속이 편해지던 신기한 약손
그 약효 지금도 유효하답니다

자상하신 한편
그릇됨에는 단호함으로 옷깃을 여미게 하고
넓은 아량과 넉넉함을 보이시던

그런 당신의 손녀여서
얼마나 든든하고 감사한지요

놀다 지친 철없는 아이
해 질녘에야 집 생각나듯
살면서 지치고 힘들 땐
마음의 고향 찾아
잠시 머물다 오지요

지난 날 활기 넘치고 환하던
외갓집 울타리가
자꾸만 멀어져감에
헤아릴 수 없는 사랑의 무게
바다 같은 깊은 은공은
가슴속 뜨거운 물결로 출렁입니다

당신 사랑의 꽃
기대에 못 미쳐도

차가운 비바람
뜨거운 세파 견뎌내고
남루한 삶에도 제자리 지키는
풀꽃으로 피어 있어요

눈감으면 지금도 들리듯
'난(京蘭)아!'라 부르시던
그리운 목소리를
느티나무 그늘 아래서
귀기울여 봅니다

흔적

무형의 시간 속을
내 발걸음 자유로웠네
구름에 달 가듯 미련 없이

돌아보니
휘청이며 지나온 가시밭길
발자국에 남겨진 상처는 아픔이었네

태풍이 쓸어간 푸른 꿈 조각들
기억 속에 두고 온 그리움이었네

삶의 갈피마다 각인된 발자취
그 남루함은 나를 비추는 거울이었네

하여도
동굴 한켠 꺼지지 않은 한줄기 빛
꿈같이 내게로 와

—

소망 한 자락 당겨
오늘을 살고 있는 내게
흔적은 끝이 아닌 시작이라네

감사기도

1
빛으로 오신 분

세상을 빛으로 열고
어둠에서 저를 불러 주시어
아름다운 지구별에서 만난
귀한 인연들이 더 없이
눈물겹게 감사합니다.

말로는 다 알 수 없는
하늘의 섭리는
넓고도 높아

깨달음은 언제나 뒤늦게
무딘 나를 흔들어 깨웁니다.

때로
천길 벼랑 앞에서
가혹한 시련과

고통의 바다에서 헤메일때

저 너머
빛은 그 자리에서 영원함을 보여주신
하느님 감사합니다.

삶안에 죽음이 있음을
늘 기억하며

오늘 그리고 다시 오늘도 숨쉬며
눈부신 햇살 맞는 축복에
감사함으로 살게 하소서.

2
사랑이신 주님

믿음이 부족한 제가
생각과 말로써

알게 모르게 죄짓는
어리석음에서 비껴가는
지혜와 자비를 베푸소서

부활을 위한
십자가의 삶은
떨리기만 하여
낮게 더 낮게 엎디어
십자가의 현상 앞으로
두려움 없이 다가 가게 하소서

영원으로 향하는 길에서
먼저 간 그리운 이들의 영생을 간구하며
지상에 남겨진
가장 소중한 사랑은
주님의 은총 속에 머물게 하소서

비오니

맑은 영혼
흔들림 없는 믿음으로
주님께 나아 갈 수 있게
평화로이 좁은 길 환히 밝혀 주소서.

'숨은 꽃'의 화려한 등장

김용하
시인

'숨은 꽃'의 화려한 등장

김용하

　숨은 꽃과의 만남이 설렌다. 아름답고 싶은 감성에 젖어 사는 시인이 된 최경란 그는 〈문학시대〉 100회 특집 신인 모집에서 당당히 우수한 시인으로 등단하였다. 남모르게 숨어 열심히 습작생활을 하더니 성숙된 첫 시집詩集『피어야 꽃이다』가 세상 문을 연다. 아무도 모르게 속마음에 숨어 핀 꽃이다. 평생 가슴에서 자란 시심詩心이 길을 찾은 셈이다. 놀라운 시심을 감추고도 일상생활을 평범하게 지켜냈으니, 시인의 가슴에서 올곧게 다소곳이 자라나 간절한 마음일 것이다. 사물의 아름다움이 육화肉化되어 시가 태어나는 밤마다 전율하며 얼마나 떨었을까? 극복하기 위한 나날 얼마나 힘들었을까? 굴곡을 넘을 때마다, 시인은 홀로 외로움에 떨었겠지? 한결같은 진보의 발걸음 늦추는 일 없이, 끈질기게 시작해온 저력을 옆에서 보았다. 과천에서는 최 시인의 작품을 보고 싶은 사람이 많다. 기다리는 회원과 독자도 있으리라. 경상도 최고의 명문고교를 나온 최경란 시인은 시단에서 당당한 입지를 굳히리라 믿는다.

　동해 바닷가,

우뚝 솟은 바위 끝자락
기상 드높이 뻗어 오른
소나무 한 그루

검푸른 파도
하늘 닿은 수평선 넘어
멀고 먼 곳에서 달려와
하조대 바위 아래서 부서진다

파랗게 멍든 몸
흰 거품 풀어내
희열과 서러움으로
숨 가쁜 여정을 말하나

기암괴석에 새겨진
부딪쳐 멍든 슬픈 상처
전설로 이어질 낯선 이야기까지…

솔잎에 찍어내어
바람에 흔들리며 고개 끄떡이며
살아 여기 온 이야기
아름답고 청청한 목소리로
하조대 소나무는 읽고 있다

―「하조대 소나무」

아름답고 천지의 사물을 탐색하여 매만지는 시인으로 살

기는 그리 만만치 않은 세상 사는 일, 파란만장波瀾萬丈의 세상을 여리고 약한 몸으로 건너와 시인이 되어 살기로 자처한 경건한 모습이 안쓰러워 오랫동안 지켜보며, 인정하게 되었다. 사물을 보는 긍정적인 시선으로 천지인天地人 구사하는 서정시인, 이시대의 진수 아닌가? 사는 것 부딪혀 새파랗게 멍든 몸과 마음을 스스로 추슬러 일어서는 반복 아닌가?

시인은 스스로 터득한 이론을 가슴에 담아 그의 명맥을 신중을 기해 이끌어낸다. "기암괴석에 새겨진/ 부딪쳐 멍든 슬픈 상처자국 /전설로 이어질 낯선 이야기까지…"시인은 쓰고도 잊지 못한다. 그 모습은 숨 가쁘게 살아가는 여정 아닌가? 시인은 섬세하다. 낯선 이야기까지 보듬고 가야하는 여정이 바로 그것이다. 불행으로 이끌어 가기엔 짧은 인생 다시 당당한 모습으로 살아가는 대열에 앞장 서 "살아 여기 온 이야기를/ 아름답고 청청한 목소리로/ 하조대 소나무는 읽고 있다"고 멋지게 객관화하여 대범하게 읽고 있는 모습이다. 시인은 이렇게 당당하고, 나락에 떨어졌다 되돌아와 한 문장에서 순간으로 이어주는 시인이기에 가능하다.

칠백 리 굽이마다 물새떼 날아드는
질박한 마을 포근히 감돌며 흐르던 저 강

1950년 한여름을 달군
6.25의 날벼락은 길고도 처참했다

_짓밟힌 강산을 끌어안고

다부동전투 치열한 전선에
수많은 젊은이의 붉은 피 받아 흐르던
낙동강은 끝내 이 땅을 지켰다

강바람 타고 등짐 실어 나르며 선하게 웃던
강정나루 사공은 포탄에 한 팔 잃고,
남은 배 한 척 불귀의 객

하늘이 강물을 말없이 다독였다
죄 없이 가라앉은 왜관철교 끊어져도
강물은 여전히 한 몸으로 흐르더니
당당하게 산업의 꽃 피웠네

기억해야 할 그날 강기슭 짙푸른 소나무마다
그날의 아픈 흔적, 역사의 전설되어 크고 있다

순국 영령들이시여 꽃다운 학도병들의 고귀한 넋이여
그대들의 위대한 충혼은 헛되지 않아
오늘 우리는 세계가 놀라는
경제 대국의 반열에 올랐으니
자랑스런 대한민국을 지켜보소서

아직 끝나지 않은 전쟁
저 북쪽의 빈곤과 억압을 걷어내어
자유와 번영의 물결로 춤추고 노래할 날을

낙동강은 말없이 기다리네

오! 영원히 가슴으로 흐르는 피붙이
낙동강을 어찌 사랑하지 않으리
— 「낙동강은 영원하다」

시인의 지향하는 마음

일찌기 다산 정약용 선생님 말씀 중 '나라를 생각하지 않으면 시인이 아니다'라는 내용이 생각난다. 맞는 말씀이다. 시인은 시대를 초월한 선각자, 나라가 편치 않으면 살기가 얼마나 불우한 일인가? 우리 모두 느끼는 감정이요, 시인이 언급해 실현해 살아야 할 세상이요, 꿈이기도 하다. "짓밟힌 강산을 끌어안고/ 다부동 전투 치열한 전선에/ 수많은 젊은 이의 붉은 피 받아 흐르던/ 낙동강은 끝내 이 땅을 지켰다" 잊지 말아야 한다. 시인은 대구에서 몸소 겪은 일을 잊지 못한다. 어찌 잊으랴 새록새록 생각나는 감수성 예민한 열두 살 때 일을. 시인이 되고 보니 강력하게 떠오르는 6.25에 희생된 젊은 내 나라의 피붙이들의 희생이 절실하게 다가오는 실상. 왜관철교 끊어졌으나 도도히 흐르는 낙동강 물줄기를 감히 누가 막을 수 있으랴. 굳건하게 살아나 경제대국 12위권을 일궈낸 현실, 이 나라 젊은 신진을 자랑하고 싶은 시인의 마음, 말려서도 안 되고 뜨거운 마음 복받쳐 오름을 누를 길 없음이 시 몇 줄이 주관에서 객관화하여 묘사되었다. "하늘이 강물을 말없이 다독였다/ 죄 없이 가라앉은 왜관철교 끊어져도/ 강물은 여전히 한 몸으로 흐르더니/ 당당하게 산업의 꽃 피웠네" 가깝게 느꼈던 이야기, 차츰 전설 속으로 숨은 이야기를 꽃피우나, 사는 것은 부대끼고 시달리며 하루하루 발전하는 모습, 현상을 자유로운 시인은 쓴다. 시인도 세상 한 끝을 붙들고 무엇인가 자기 몫을 찾아 헤매는 사람, 마음이 커가는 대로 나라의 발전도 커가는 모습을 지켜야 되는 사람이기에, 살아가는 생명의 힘을 느낄 수 있을 때마다, 발전을 구상하는 것은 자연스러운 일이요, 시인은 세상 모두 미학의 아름다움이 깃들기를 바란다.

간 밤
꽃샘바람 무동 타고
나풀나풀 흰 꽃 날아든다

밤새 잠 설치며
소용돌이로 맴돌던 자음과 모음 사이
얼치기 시어詩語 조각 퍼즐을 맞춘다

흩날려 눈물 되어
쌓이지 못하는 봄눈
창문에 새겨둔 詩 한 줄

깨어보니
지워진 하얀 창窓
야속해라 새살궂은 봄눈이여!

— 「봄눈」

시를 쓴다는 것은 마음을 쓰는 일이요, 심상心象에 그려진 그림을 묘사描寫해내는 일이다. 나름대로 쓰고 그리는 재미로 살았던 기억, 오늘 시를 쓰는 일을 예감하였나, 글을 쓰는 한편, 그림을 그려 상상 속에 가둬놓은 시인의 마음이 시로 태어난다.

오늘 그린 그림은 오늘의 시인세상이지만, 또 다른 날 그린 것은 또 다른 세상이 시인의 손에서 새로 태어나는 예견된 일이다. "밤새 잠 설치며/ 소용돌이로 맴돌던 자음과 모음 사이/ 얼치기 시어詩語 조각 퍼즐을 맞춘다// 흩날려 눈물 되어/ 쌓이지 못하는 봄눈/ 창문에 새겨둔 詩 한 줄" 시인은 주변 환경에서 벗어나 상상의 날개 퍼덕여 날아가 낯선 곳을 맴돌며 세상의 온갖 것을 감성에 새겨 묘사의 기회를 노린다. 날씨를 그리고 창문에 그려진 잔설을 시 구절로 받아쓴다. 절묘한 상상력의 힘이다.

시인은 생각하는 일, 새롭고 다르게 느껴지는 상황이 그렇게 만든다. 어디를 가야 하는 일, 누구를 만나게 되는 일, 사회와 집안 일, 개인적 여건이 수시로 변화되는 하루 일, 새로 다가와 시인의 감성을 이끈다. 하루의 일기, 매일 다른 소재가 되어 다가와 시의 구절로 탄생한다. 비 오고 눈 오고 밝다 흐리다, 사계절의 변화 속에 시인은 그 온도에 따라 변화무쌍한 현실을 받아쓴다. 형식에 구애받지 않고 시인은 자유로운 현실감각이 쓰도록 유도한다. 경험이 쌓이면서 새로운 느낌이 다가오고, 매일 용기를 입력하여 저장된 이미지가 화려한 시작품으로 환생한다.

메디효병원
병실 침대마다
무표정한 얼굴로
침묵을 익히는 백발의 나그네들

매표구도 행선지도 보이지 않는 곳에
누구도 되돌아 온 적 없는 아득한 길을
홀로 어찌 가시려나 울 어머니

하늘길인가
바닷길인가

굽이굽이 고달픈 한 생生을 사노라
장장하던 육신
모진 풍상에 마른 삭정이 되고
복사꽃 곱던 얼굴
저승꽃 피었네

더러는 환하게
행복했던 기억들을
망각의 강으로 흘려보내고
마주잡은 빈손
자꾸만 작아지는 내 어머니

생生과 사死의 경계에서

조용히 숨고르기하는

하얀 대합실

—「하얀 대합실」

　시인은 자신의 분신인 어머니, 각별한 영과 육으로 이어진 몸과 마음, 허점을 보완하여 다독이던 절대자요, 때로는 노도의 분출구로 대단한 상대, 나 아프기 전 먼저 아프시고, 내가 말하기 전 알아차리던 분, 만회할 기회를 주지 않고 가버리시는 분, 가신 날이 갈수록 생각나는 분, 흐릿한 기억 속에 잠복했다가 재생되어 생활의 난고 속에 슬며시 나타나 지금도 진두지휘하시는 분, 기쁠 때 보다 외롭고 억울하고 화날 때 아무도 없을 때 다시 오시는 분, 심지에 불을 붙였지만 금방 꺼지고 캄캄한 어둠, 그 속에 어머니 손을 놓고 허우적일 때, 주변에서 나를 잊은 듯 느껴질 때, 유일하게 어머니의 존재가 확대되어 내 안에 걸어오신다. 지금은 효도가 무엇인지 알 듯 한 데, 어머님은 손닿지 않은 먼 곳에 계시는 안타까운 마음이 역력하다.

　"침묵을 익히는 백발의 나그네들// 매표구도 행선지도 보이지 않는 곳에/ 누구도 되돌아 온 적 없는 아득한 길을/ 홀로 어찌 가시려나 울 어머니" 이제 겨우 효가 무엇인가 짐작하는 데, 구십이 훨씬 넘었지만 아직 내 어머니만큼은 백세를 헤아리고 남으리라, 믿었는데 백세시대니까.

　얼마 지나지 않아 사람마다 종말은 오고 해 넘어가 밤이 되지 않던가. 누구나 아쉽고 처절했던 기억은 있다. 차마 잊

을 수 없어 되살아나는 슬픈 기억을 살며 깨달음의 진리가
헛되지 않은 참 모습이 작품으로 환생 되어 이미지화 된다.
삶 속에서 일어나는 일이기에 그리움과 슬픔, 인간이 살아가
는 참모습이다. 시를 쓰는 감성은 사람 사는 진리와 덕목을
바탕에 둔 심상의 묘사요 진술이다. 프랑스 '아르튀르 랭보'
는 "상처 없는 영혼이 어디 있겠느냐"라고 단언했다. 시 쓰
기는 진정성어린 진실 그것이 더 중요한 시 쓰기의 자료다.
내가 나를 용서 할 수 없는 경험이 실수를 피해가는 수법으
로 쓰게 될 경험으로 작용하는 거다. 밑바닥까지 떨어져봐야
최고의 비애를 피력해낼 수 있겠지. 불행한 사람의 위안이
되고 용기를 심어주는 저력으로 작용하겠지, 그게 문학적인
반전의 효과 아닌가?

　　그대, 너무 높이 올라
　　쌓인 무게로 감내키 힘든 혼돈의 시간들

　　무궁화 꽃피울 큰 꿈은
　　어두운 장막에 가려지고

　　어딜 갔나?
　　따르던 무리들
　　홀로 뭇매 장대비 맞으며
　　찬바람 휘도는 적막한 자리

　　외로운 사람아!

여인의 내밀한 일상까지 들춰내려는
모진 수모 슬프고 황당하여라

우린 모두가 죄인
뉘 감히 그대에게 돌을 던질 수 있으랴

비명에 간 선친 묘소에 엎디어
쏟아내는 통한의 눈물
그대를 밀어 올린 말없는
민초들의 가슴으로 젖어오는데

외로운 사람아!
매서운 겨울 지나 목련꽃 피는 봄엔
버거운 짐 벗어 던지고
지난날 어느 여름날 그랬듯이

햇볕 부서지는 바닷가
은빛 파도에
치맛자락 입맞춤하며
두 손 흔들어 웃는 얼굴 보고지고
                        —「외로운 사람아!」

　깨우쳐 줄 몫이 있어 그 과업을 실현하기 위해 의인이 세
상에 왔으나, 아무도 알아주지 않는 외로움, 완성의 효과를
거둘 수 없는 세상의 불협화음에 치우쳐 과업을 이루지 못

하는 불행한 역사의 한 장면을 연상하니, 온 민족이 망국의 길을 걸었던가, 스스로 지켜내지 못해 뒤늦게 되돌릴 수 없는 후회의 역사는 우리민족 다함께 몸으로 지켜냈다. 치욕적이요 굴욕적인 뼈아픈 역사, "비명에 간 선친 묘소에 엎디어/ 쏟아내는 통한의 눈물/ 그대를 밀어 올린 말없는/ 민초들의 가슴으로 젖어오는데"라고 쓴 시인의 마음을 읽는다. 시는 작가의 생각 느낌이 가슴에 스미어 절박한 내용이 넘쳐흘러 공감을 불러내는 호소다. 우리 모두는 죄인, 나라를 지켜내지 못한 죄인, 원죄가 큰 화자의 속마음이라 하자. 뼛속 깊이 잠재해 절박한 사연을 만들어 낸 슬픔과 기쁨, 희망의 문제들의 제안이요, 답변이기도 하다, 쓸 수 있는 능력이 흩어지기 전 화자의 그릇에 담아내면 독자의 슬픔이 되고, 때론 기쁨으로 작용하기도 한다. 그래서 공감대가 형성된다.

어둠 속에 갇혀
속울음 감추며
빛을 향한 열망이
생生의 절정에서
환성을 터트리며 핀다

빛과의 황홀한 입맞춤
삶의 고통은 감내해야 할
너만의 몫이다

꽃이라고 아픔이 없으랴

꽃이라고 슬픔이 없으랴

거부할 수 없는 순명順命

피어야 꽃이다

피어야 아름답다

—「피어야 꽃이다」 전문

시인의 감성이 전달되어 곳곳에 평화와 웃음꽃이 핀다면, 얼마나 더 좋을까? 악습을 버리고 의리와 평화를 심어 행복의 꽃이 피는 아름다운 한편의 시, 쓸 수만 있다면 하고 시인은 바란다. 그래서 매사에 초연할 수 있다. 감성이 미학의 아름다움을 향해 접근하려는 지속적인 탐구와 끈질긴 심상의 기록이 태어난다. 시인은 포기할 수 없다. "꽃이라고 아픔이 없으랴/ 꽃이라고 슬픔이 없으랴/ 거부할 수 없는 순명順命// 피어야 꽃이다/ 피어야 아름답다" 고통, 희망, 슬픔, 기쁨, 행복까지도 받아 안고 끝내 시를 붙들고 놓치지 않는다.

휘어지듯 가녀린 잎새

바위틈에 몸을 내려

살포시 꽃 문 여니

청아한 난蘭향은

바위 곁을 감돌고

숨결 주고받는 고결한 사랑

—

품어주는 바위사랑

깊고 그윽한 향

분별없이

벌 나비

함부로 나르지 마라

타고난 생명은 서로

명분이 있음이니…

—「난蘭을 품은 바위」 전문

　계절은 말해준다. 사계절의 변화에서 지루함을 달래어 자연의 섭리, 사계절을 적절하게 돌리고 있구나, 감탄이 절로 나온다. 하필이면 제 몸 내어주지 않는 단단한 바위에 몸을 붙여 살기 얼마나 팍팍하고 기댈 곳은 어디야? 식물도 기생하여 의지하는 넝쿨도 있는데, 의지해 사는 사람처럼 살고 싶겠다. 무뚝뚝한 바위사랑인가! 바위를 의지해야 하는 난의 매서운 칼날 같은 잎을 본다. 실뿌리 손짓이 바위를 타 오르기에 죽을 힘 아닌가? 만감이 서린다.

　어릴 때 부모에게 의지하고 살아 온 세월, 낯모르는 이성을 만나 식구로 받아들인 세월, 자식을 키워내던 어려웠던 시절, 이제 그 모두를 살아낸 기진한 기력, 난의 매서운 칼날이 여린 듯하지만 그 모두를 해내지 않았나? 바람을 벼룬 칼로 쳐내며 사는 모습에서 의인화해 작가의 마음을 보여준다. 붙잡아 의지한 세상이 바위라니? 책임지지 않고 스스로 일어나 살기 바라는가? 힘들고 외로움을 배우는 시련인가? 시인은 이미 알고 있다. 사는 게 얼마나 무섭다는 것을 일깨우는 절묘한 깨우침을…

심상에 어린 시인의 마음

사람은 원래 나약하여 자연 속에 생존하기 어려워 문화생활에 길들여진 존재다. 자신을 단련하고 스스로 위로하며 행복을 지속하다보니, 예를 들어 사람이 자연에 피해를 주며 살았구나, 매사가 후회의 반복인 생활, 사는 것은 바로 우연히 당하는 운명으로 생각하는 경우가 있다.

산천초목이 마치 사람만을 위해 있는 것인 양, 함부로 대하고 살며 공해의 어지러운 세상을 만들었구나, 시는 세상만물을 상대로 쓰지 않을 수 없다. 하기에 시적 내용을 창의적으로 지향해 접근하여, 세상의 이치를 바로 세우는데 이제라도 시인이 해야 되는 일이 있다는 느낌이 온다. 가령 장미꽃을 보며 무한 공간의 힘, 아름다움만을 구상하는 장미꽃이 피어나 세상살이의 몫을 수행해 사는 것처럼, 시인도 모든 사물의 당위성에 접근하여 세상을 가꿔나가는 경지에 도달한다면, 시인 또한 접신의 경지에 닿아 사회를 정화 다듬어 문학의 본질을 사회에 정착시키는 역할 분담을 해야 된다.

꽃의 말을 받아쓰며, 자연의 본질이나 의무에 대한 하늘의 명령을 제시하는 일. 꽃의 표정이 바로 내 마음이며 나의 답변이다, 라고 증언하는 확신. 이것이 꽃 마음, 나는 꽃이 된 것이다. 어제까지 필락 말락 하던 꽃이 활짝 피어 내 어두운 마음 제치고 방글거린다. 내 마음이 핀 것처럼 기쁘다. 예쁘다. 시 짓기 내용과 가능성의 경지가 꽃을 능가해 꽃의 말을 받아쓴 이유가 된다. 소망이 배어든 작품의 탄생 예고다. 아름다움이 나를 안정시키는 꽃, 마음이 편하다. 불만이 사라진다. 시는 가능한 언어의 감성을 정화시키는 일, 미학의 본질을 정착시키는 일, 시인이 지속해갈 예술이다.

피어야 꽃이다

ⓒ2019 최경란

초판인쇄 _ 2019년 11월 25일

초판발행 _ 2019년 11월 29일

지은이 _ 최경란

발행인 _ 홍순창

발행처 _ 토담미디어

서울 종로구 돈화문로 94(와룡동) 동원빌딩 302호

전화 02-2271-3335

팩스 0505-365-7845

출판등록 제2-3835호(2003년 8월 23일)

홈페이지 www.todammedia.com

편집미술 _ 김연숙

ISBN 979-11-6249-068-6